* un petit livre d'argent *

Le Petit Chien malin

Texte et illustrations de Cyndy Szekeres

DEUX COQS D'OR

« Je suis trop petit, gémit Petit Chien. Je ne peux pas attraper la poignée de la porte !

– Mais tu peux attraper un gâteau sur la table, dit la souris. S'il te plaît, prends-en un et partageons-le ! »
Et c'est ce que fait le petit chien malin.

« Je suis trop petit, pleurniche Petit Chien. Je ne peux pas tirer mon coffre à jouets !

– Mais tu peux tirer mon chariot plein de bébés, dit Madame Lapin. Veux-tu essayer ? »
Et c'est ce que fait le petit chien malin.

« Je suis trop petit, soupire Petit Chien.
Je ne peux pas grimper dans l'arbre !

– Mais tu peux grimper sur la balançoire et te balancer avec moi, dit l'écureuil. Tu veux bien ? »
Et c'est ce que fait le petit chien malin.

« Je suis trop petit, se lamente Petit Chien. Je ne peux pas creuser un trou assez profond pour me cacher dedans !

– Mais moi, dit le tamia, je pourrais y ranger ma réserve de glands ! Tu me le donnes ? »
Et c'est ce que fait le petit chien malin.

« Je suis trop petit, se plaint Petit Chien.
Je ne peux pas travailler sur l'établi !

– Mais tu peux te glisser dessous et réparer le pied cassé, dit Papa. Veux-tu essayer ? »
Et c'est ce que fait le petit chien malin.

« Je suis trop petit, ronchonne Petit Chien.
Je ne peux pas porter ma chaise !

– Mais tu peux porter ma corbeille à ouvrage, dit Grand-Maman. Donne-la-moi, s'il te plaît. »
Et c'est ce que fait le petit chien malin.

Maman aide Petit Chien à se mettre en pyjama et lui dit : « Aujourd'hui, tu as attrapé un gâteau sur la table, tu as tiré un chariot plein de bébés, tu t'es amusé sur une balançoire, tu as creusé un trou, tu as réparé le pied de l'établi et tu as porté une corbeille à ouvrage ! Sais-tu pourquoi tu as fait tout cela ?
– Pourquoi ? demande Petit Chien.

– Parce que tu es juste de la bonne taille et que tu es un petit chien très malin ! » dit Maman tendrement.